A la orilla del viento...

MARIE-AUDE Y ELVIRE MURAIL

ilustraciones de
Andrés Sánchez de Tagle
traducción de
Rafael Segovia Albán

SUI MANGÁ

FONDO DE CULTURA
ECONÓMICA

Primera edición en francés,   1993
Primera edición en español, 1997
   Sexta reimpresión,   2010

Murail, Marie-Aude y Elvire Murail
   Sui mangá / Marie-Aude Murail, Elvire Murail ; ilus. de Andrés Sánchez
de Tagle ; trad. de Rafael Segovia Albán. — México : FCE, 1997
   54 p. : ilus. ; 19 × 15 cm — (Colec. A la Orilla del Viento)
   Título original Souï Manga
   ISBN 978-968-16-5399-6

   1. Literatura Infantil I. Murail, Elvire, coaut. II. Sánchez de Tagle, Andrés,
il. III. Segovia Albán, Rafael, tr. IV. Ser. V. t.

LC PZ7   Dewey 808.068 M486s

Este libro se publicó con el apoyo de la Embajada de Francia en México

Distribución mundial

Comentarios y sugerencias: librosparaninos@fondodeculturaeconomica.com
www.fondodeculturaeconomica.com
Tel. (55)5227-4672 Fax (55)5227-4694

🔲 Empresa certificada ISO 9001: 2008

Editor: Daniel Goldin
Diseño: Joaquín Sierra, sobre una maqueta
original de Juan Arroyo
Dirección artística: Mauricio Gómez Morin

Título original: *Souï Manga*
© 1999, L'ecole des loisirs, París
ISBN 2 7404-0280 5
© 1993, Editions Mango, París

D. R. © 1997, Fondo de Cultura Económica
Carretera Picacho-Ajusco, 227; 14738 México, D. F.

ISBN 978-968-16-5399-6

Impreso en México • *Printed in Mexico*

El papá de mi mamá

❖ TENÍA NUEVE años cuando la aventura tocó a mi puerta.

—¡Por fin! —exclamó mamá agitando una carta—. ¡Nos vamos a Kenia! Tu abuelo nos espera.

¡Hacía tanto tiempo que ambas soñábamos con eso!: ¡la selva y los elefantes! Papá nos llevó al aeropuerto.

—¡Tu primer vuelo, Elsa, tu bautismo de aire! —me dijo él—. ¿Tienes miedo?

—Claro que no —le contesté.

Pero metí la mano hasta el fondo de mi mochila para ver si no había olvidado meter "algo" muy importante. ¡Uf!, ahí estaba.

En Nairobi, nuestra alegría no duró mucho. Y eso que ahí estaba el sol, y había como una promesa de elefantes en la sonrisa de la gente. ¡Sí, sí, yo los vería, paciencia!

Pero he aquí que, *patacuás*, a mamá se le ocurrió caerse de bruces frente a la recepción del hotel. La gente se precipitó en su ayuda. Al apoyar el pie, dio un grito.

—¡Qué catástrofe! —murmuró, una vez que estuvimos en nuestro cuarto de hotel.

—¿Es grave, te torciste el pie? —le pregunté muy angustiada.

—No, pero significa que no podré moverme durante una semana completa. Venir desde tan lejos para caerme aquí...

Estaba pálida y con los cabellos apelmazados por el sudor.

—No importa... —le dije para consolarla. Pero más bien yo tenía ganas de llorar. ¿Así que mis elefantes nunca me conocerían?

— ¡SUI MANGÁ!

Por poco y vuela en pedazos la puerta de nuestra habitación. Acababa de entrar un hombre, que ahora rugía por segunda vez:

—¡Sui Mangá!

—¡Papá, oh, papá!

Mi mamá tenía un papá. Y la estrechaba entre sus brazos.

—Sui Mangá —susurró nada más para ella.

—Ahora ya estoy muy grande como para que me llames por ese nombre —contestó mamá, entre riendo y llorando.

Miré al recién llegado con desconfianza. Así que este señor era a quien mamá llamaba *el Africano*, ese abuelo aventurero que se había separado de su esposa para casarse con África... No era negro, como un verdadero africano, pero estaba cocido y recocido por el sol. De repente, se volvió a mirarme:

—¡Mira quién está aquí, Sui Mangá dos!

¿Debía darle un beso o no? ¿Decirle "hola" tal vez? ¿O darle la mano?

—¿Qué quiere decir "sui mangá"? —le pregunté, sin acercarme a él.

Me explicó que era un pájaro, y que cuando mi mamá era niña comía tan poco que parecía que solamente se alimentaba del néctar de las flores, como un *sui mangá*.

—Yo como mucho —le dije muy ufana.

Pero *el Africano* no me escuchaba. No le importaba mi apetito de elefante. La que contaba para él, era mi mamá.

—Ten, hijita querida, es para ti —le dijo—. Fui a ver al curandero...

Le puso alrededor del cuello una bolsita de cuero.

—¡Papá, ya fui a ver al médico!

—Ya lo sé, ya lo sé, pero los brujos masai saben muchas cosas. Con esto te curarás más rápido. La consulta me costó tres vacas. ¡No puede fallar!

Y una vez más, se dirigió a mí:

—Y tú, vas a dejar que tu madre descanse. ¿Dónde están tus cosas?

—¿Te la llevas a ella sola? —exclamó mi madre.

—¿Cómo que "sola"? —rugió *el Africano*—. ¿Y yo no soy nadie? Y Musili, mi guía, y los *rangers* en la reserva?

—¿Qué son los *rangers*? —balbucí.

—Es el nombre que les dan aquí a los guardias de caza. No les falta trabajo con tantos cazadores furtivos.

—¿Cazadores furtivos? —repetí.

Pero mi abuelo ya no me escuchaba. Le decía a mamá:

—La matanza continúa. Tú sabes... Los *rangers* no logran ponerle la mano encima a los cazadores furtivos. Uno de estos días ya no habrá más elefantes.

Parecía muy triste. Tenía ganas de decirle que iba a ser una *ranger* y que acabaría con los cazadores furtivos. Pero él no me daba tiempo de hablar.

—Y tú, ¿qué no encuentras tu cepillo de dientes?

¿Lo obedeceré? Al *Africano* no lo conozco. Y para empezar sólo me escucha una de cada tres veces que le digo algo. Se diría que es un abuelo con eclipses.

—¿Y ahora qué? —vociferó—. ¿Tienes miedo de que te coma?

—Claro que no —le dije.

Guardé en mi mochila mi piyama, mi aceite bronceador, mi repelente contra los mosquitos, mi pomada para las heridas, mis...

—¿Quieres abrir una farmacia? —se burló *el Africano*.

—Claro que no —le dije.

Le di un beso a mamá, quien me pidió que fuera amable, que me portara bien, como grande. Tuve que rechazarla un poco para que *el Africano* no me preguntara si pensaba abrir una tienda de besitos. Y luego, cuando me iba con él, metí la mano en el fondo de mi mochila para ver si ese "algo" muy importante estaba allí. ¡Uf!, sí estaba. ❖

Un muchacho malcriado

❖ PARA IR á la reserva de Tsavó tuve que tomar otro avión. Uno
muy chiquito. Desde la ventanilla veía desfilar la sabana debajo
de mí. Era como una pradera interminable, amarilla y
polvorienta. Y ni rastro de elefantes.

    —¿Pero los cazadores furtivos no los habrán matado a
todos? —pregunté.

    Mi abuelo, que seguía el hilo de sus pensamientos, igual
que yo seguía el de los míos, me miró con aire distraído:

    —¿Qué dices?

Y luego pareció despertar.

—Mira, ahí están las chozas del pueblo, y a un lado, está el campamento de los turistas. ¡Estamos llegando, Sui Mangá!

Cuando el piloto detuvo el aparato cerca del río Athí, perturbó a dos leopardos que se desperezaban al sol.

—No les tengas miedo —me dijo *el Africano* mientras me ayudaba a bajar—. Los días de mercado vienen a cazar ratas como si fueran gatos grandotes.

En la plaza del pueblo había unos puestos de pescado, de plátanos y de té. Pero no había quien quisiera comprar.

—¿Qué es lo que pasa? —pregunté ansiosa.

Llegábamos en medio de una escena de pánico. Las mujeres daban gritos agudos y alzaban los brazos al cielo,

mientras algunos hombres, los más valientes, intentaban repeler
a escobazos el ataque de un elefante. El elefante, que me
pareció más bien pequeño, metía su trompa en un costal de
harina y luego la soplaba sobre la gente.

—¡Billy! —vociferó mi abuelo—. ¡Billy!

Busqué con la mirada al hombre al que le estaría gritando con ese tono autoritario. Pero nadie acudió a su llamada. El elefante desplegó sus orejas, alzó la trompa y se dio él mismo un baño con un buen chorro de harina. Sus ojitos brillaban como dos granos de café. La broma le resultaba muy graciosa.

—¡Billy, qué niño malcriado! —exclamó mi abuelo—. Rompiste otra vez tu cerca.

Billy se acercó a nosotros: era un elefante medio amaestrado. Pequeños gritos de cólera brotaron de la multitud, e inmediatamente fueron apagados por las carcajadas. Los lugareños sacudían sus bubús, las mujeres se arreglaban las trencitas llenas de harina, mientras unos turistas se apresuraban a tomar fotos, para poder contarle la escena a sus amigos.

—¡Granuja! —le dijo mi abuelo al elefante, acariciándole la trompa—. ¿Nunca vas a cambiar?

La trompa de Billy vino a tocar mi cabeza. Me quedé sin respiración.

—Está conociéndote y dándose a conocer —dijo mi abuelo.

La piel de un elefante es muy reseca y agrietada. Ahora Billy me pasaba su trompa por el pelo.

—¡Hace cosquillas! —dije con voz acongojada.

—Te encuentra simpática —me dijo mi abuelo—. Ya entendió que tienes que arreglártelas sin tu mamá por unos días, y te ofrece su amistad.

Una amistad de elefante es algo más bien voluminoso...

—Billy es huérfano —dijo mi abuelo—. Los cazadores furtivos mataron a su madre. Lo encontré medio muerto de hambre y lo alimenté con biberón. El problema es que está creciendo y es travieso. Un día de éstos alguien va a enojarse de veras y lo hará pagar de un balazo. ❖

Soy la reina del pueblo

❖ LA NOCHE llegó velozmente al borde del río Athí, una noche densa y perfumada como un manto que alguien dejara caer sobre el pueblo. Me encontré instalada en la choza del *Africano*, toda de madera y adobe. Musili, el guía, comió con nosotros. Era un joven que no conocía más que unas cuantas palabras del español, que entremezclaba con palabras en inglés, y las

sazonaba con una gran risa. Y sin embargo se preocupó por
Billy, que había burlado una vez más su vigilancia.

—Habrá que llevarlo a la sabana —dijo mi abuelo—,
y hacer que lo adopte una manada de elefantes.

Musili hizo un gesto de aprobación con la cabeza. Estaba de
acuerdo pero no tenía mucha prisa que digamos por separarse
de Billy.

—*We* buscar a Juno —dijo.

—¿Quién es Juno? —pregunté.

Al parecer, ya no era momento para hacer preguntas.

—¡Es hora de irse a acostar, Sui Mangá! —me ordenó
el Africano.

No había más que una sola cama en la única habitación. Mi
abuelo no me la ofreció: era su cama. Echó en el piso unos
cuantos cojines y una manta gris. Y tuve que conformarme con
un breve "buenas noches" a manera de arrullo. Entonces, en la
oscuridad, jalé mi mochila cerca de mí y metí la mano hasta el
fondo para sacar ese "algo" tan importante. Luego lo escondí
debajo de mi almohada.

Me desperté con el alba. Mi primer pensamiento fue para
Billy y, después del desayuno, corrí hasta su corral. Me dio los
buenos días con palmaditas en la cabeza.

—¿*You* subir... upa? —me sugirió Musili, mostrándome el
lomo del elefante.

Sin esperar a que le contestara, Musili me alzó del piso y me ayudó a trepar. Nunca nadie había montado a Billy y los elefantes de África no suelen dejarse llevar por la punta de la trompa. Pero yo no lo sabía. Llena de orgullo, le di varias palmadas en el lomo a mi nuevo amigo y grité un "*¡arre, vamos!*" confiado. En ese momento mi abuelo salía de su choza:

—¡Es peligroso! —gritó—. ¡Musili, hazla bajar!

Pero era demasiado tarde. Billy había salido de su corral con su pequeña *cornac* sobre el lomo. Causé sensación en el pueblo. Me aplaudieron, me fotografiaron, y vi en la mirada de mi abuelo que estaba más bien satisfecho de mí.

Los días que siguieron fueron como los primeros pasos de Eva en el Paraíso. Musili encontró una hermosa sombrilla para protegerme del sol, y yo paseaba por todo el pueblo hasta el río, con mis pies descalzos bamboleándose en el aire caliente. Montando a mi elefante, yo era la reina de la Creación. Billy se robaba la fruta de los puestos, volcaba los costales de té, y luego le daba palmaditas a sus víctimas sobre el hombro para apaciguarlas.

—Billy, *bad boy* —le decía Musili, regañándolo. ❖

Una tontería de más

❖ EL DRAMA sucedió un día de gran mercado. Como de costumbre, yo paseaba a lomo de elefante cuando una turista, recién desembarcada de un avión y vestida con un bubú exótico, se precipitó de pronto hacia Billy, agitando con entusiasmo su cámara fotográfica.

—¡Pero qué lindo! —exclamó—. Dime, pequeña, ¿no quieres bajar de ahí un momento? ¡Voy a subirme yo!

Seguramente pensaba que Billy era una atracción…

—*You*, muy gorda —dijo Musili inflando los cachetes y dibujando al mismo tiempo con las manos una enorme cintura.

La turista miró indignada a Musili por un momento, y confiada en que estaba en su derecho, le puso la cámara en las manos y le ordenó:

—Tú sacar foto mí con elefante. ¿Tú haber comprendido?

—*I'm not* completamente tonto —contestó Musili.

Retrocedió unos pasos para tomar la foto.

—¡Pero date prisa! —me urgió la turista—. ¡Bájate de ahí!

Y se arregló el cabello con una mano mientras posaba la otra sobre Billy.

Tal familiaridad no fue del gusto de mi amigo. Con su trompa alcanzó un pliegue del bubú exótico y de un jaloncito se lo quitó de encima.

—¡Socorro! —aulló la turista, jalando el vestido que Billy no quería soltar.

¡Crac! La tela se rasgó por la mitad.

—Yo tomar bonita foto —dijo Musili al tiempo que devolvía la cámara—. ¿*Are you* contenta?

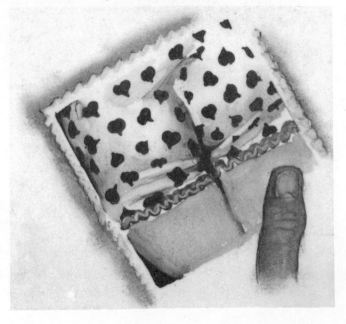

Enfurecida, la turista se envolvió en lo que le quedaba del bubú, y salió huyendo y profiriendo amenazas:

—¡Ese animal quiso matarme! ¡Voy a poner una queja!

Los ojos de Billy estaban llenos de risa, brillantes como granos de café. Pero esta última broma no pareció gustarle nada a mi abuelo.

—Vamos a tener problemas con los organizadores de los safaris fotográficos.

Me informó que desde hacía tiempo, éstos lo presionaban para que vendiera el elefante a un zoológico.

—*We* buscar a Juno —repitió Musili.

Al fin entendí el sentido de esas misteriosas palabras. Juno era la "matriarca" de una manada de elefantas que los *rangers* conocían muy bien.

—Juno tiene más de cuarenta años, es gigantesca y a veces feroz —me dijo *el Africano* con tono de admiración—. Es fácil de reconocer: tiene los largos colmillos cruzados frente a su trompa.

Musili pensaba que Juno podría adoptar a Billy, porque eran parientes. Los elefantes tienen sentido familiar. ❖

Los buitres me salvan

❖ ESA NOCHE los *rangers* informaron a mi abuelo que habían encontrado a Juno y a su manada en la sabana. Ahora o nunca era cuando había que poner frente a frente a Billy y a la matriarca.

Al día siguiente, al alba, salimos del pueblo por la brecha de terracería, yo iba triste y zarandeada en la cabina del camión, entre el abuelo y Musili. Billy viajaba en el remolque. Traté de mirar por entre la muralla de hierba amarilla para intentar descubrir algún animal salvaje, pero en vano.

—Se ve más en Thoiry que aquí.

Mi abuelo me tocó con el codo y me mostró a lo lejos un árbol sin follaje lleno de buitres que parecían haberse reproducido en racimos.

—Están esperando a que se nos descomponga el auto.

— ¿Por qué?

Musili soltó una carcajada:

—¡Para tragarte a *you*!

¿Era la preocupación o los baches del camino? Empecé a retorcerme sobre mi asiento.

—Sui Mangá quiere pipí —dijo Musili.

El abuelo detuvo el camión. Bajé echándole una mirada de reojo al árbol de los buitres.

—¡Date prisa! —ordenó *el Africano*—. Ve detrás del camión.

Le hice una seña a Billy al pasar frente a él. Billy, mi elefante... Luego miré a mi alrededor. Sea como sea, no iba a hacer pipí en medio de la brecha. ¿Y si llegaba a pasar alguien? El viento agitaba las hierbas altas. Conforme avanzaba los largos tallos se cerraban tras de mí. De pronto, un leve ruido me hizo pegar un brinco. Surgieron dos cuernos.

Una cabeza esbelta se alzó por encima de las hierbas y me observó. *¡Ffffiu!* La gacela salió huyendo a saltos, tan sorprendida como yo. Estaba impaciente por contarle mi aventura al abuelo. Me eché a andar hacia el camino. Al menos eso fue lo que creí. Pero cuanto más avanzaba más tupidas me parecían las hierbas. ¡No podía ser! No había ido tan lejos del camión. Alzándome sobre las puntas de los pies, logré ver las ramas de un árbol aislado. Tal vez podría subirme en él y divisar el camión.

    Mis ojos deslumbrados por el sol veían unos puntos negros danzando en el cielo. ¿Pero era realmente un efecto del sol?

    Los puntos negros crecían cada vez más mientras giraban por encima de mi cabeza.

    —¡Los buitres!

Eché a correr hacia el árbol, con las manos por delante, como una ciega. Las hierbas me golpeaban el rostro y las manos, silbaban en mis oídos... ¡El árbol, por fin! Me detuve en seco. A la sombra del escaso follaje un animal dormía apaciblemente. Estaba tan cerca de él que podía ver su costado inflándose con su respiración profunda. Un gesto, un paso hubieran bastado para despertarlo. Los buitres volaban ahora tan bajo que podía ver sus ojos clavados en mí. Imposible pedir auxilio, imposible escapar... El miedo adormecía mi cuerpo y mi mente. Mi terrible vecino exhaló un gruñido entre sueños y agitó la cola para espantar a las moscas. Era inmenso, casi infinito. Su piel de color ámbar se mezclaba con el ocre de la tierra. Fascinada, me lo imaginaba sobre sus cuatro patas, con el hocico abierto...

—¡Abue...!

El Africano me tapó la boca con la mano y me jaló hacia atrás. Las hierbas murmurantes se volvieron a cerrar tras de mí. El león siguió durmiendo su siesta sin notar nuestra visita.

—¡Eh, Sui Mangá! ¿Crees que estás en Thoiry? —me preguntó mi abuelo con rudeza.

—¿Có... cómo me encontraste? —balbucí.

—¡Seguí a los buitres! Tienes suerte: los leones son grandes holgazanes. Si hubiera sido una leona... tu mamá me habría hecho algunos reproches.

Allá en la brecha, Musili nos estaba esperando. Gritó lleno de júbilo al vernos. Billy lo acompañó bramando con todas sus fuerzas. Volví a subirme al camión con dificultad. Se me doblaban las rodillas. ❖

La adopción

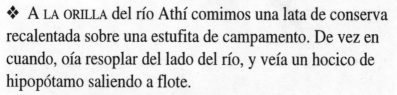

❖ A LA ORILLA del río Athí comimos una lata de conserva recalentada sobre una estufita de campamento. De vez en cuando, oía resoplar del lado del río, y veía un hocico de hipopótamo saliendo a flote.

—¡Andando! —ordenó *el Africano*.

Estaba toda adolorida, tenía sueño, pensaba en mi casa, en mamá, en "ese algo" tan importante.

—¡Alto! —ordenó nuevamente mi abuelo.

Bajamos enfrente de una acacia a la que le acababan de arrancar la corteza.

—Es el alimento favorito de los elefantes —me explicó *el Africano*—. No deben estar muy lejos.

Avanzamos en columna: Musili por delante, Billy detrás de él, y luego yo y mi abuelo. El elefantito parecía estar inquieto. Se detuvo de pronto, con las orejas extendidas, como si escuchara algo. Musili se escondió pegándose a una roca, y nos hizo una seña. A quinientos metros de nosotros, había una manada de elefantes que arrancaba el corazón de los árboles o los descortezaba para alimentarse.

—No veo a Juno —le dijo mi abuelo a Musili—. No es ésta la manada que buscamos.

Alguien me tentó en un hombro. Tuve un sobresalto. Era la trompa de Billy. ¡Vaya momento para hacer bromas! Musili y mi abuelo hablaban en voz baja, sin saber qué decidir. Yo recuperaba la esperanza: ¿tal vez abandonarían su proyecto? En ese momento, Billy bramó fuertemente. Los elefantes voltearon en nuestra dirección.

—¡Ya nos vieron! —murmuró mi abuelo—. ¡Hay que huir!

Pero teníamos cortada la retirada. Eso era lo que Billy quería decirme. Una elefanta gigantesca nos había sorprendido por detrás. Sus largos colmillos se cruzaban delante de su trompa. Mi abuelo me asió y me escondió detrás de sí. Billy

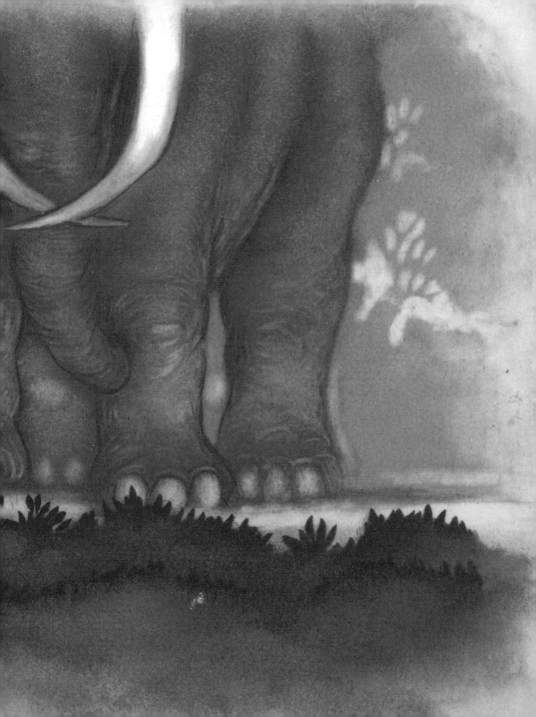

caminó hacia la matriarca, jugándose solo su propio destino. Juno bramó y arremetió contra él.

—¡Lo va a matar! —grité.

Mi abuelo tuvo que detenerme con mano firme, porque yo estaba a punto de lanzarme a su rescate. A escasos metros de Billy, Juno bajó la velocidad y se acercó lentamente, alzó su trompa y la posó sobre la de Billy.

—Juno quiere Billy bien —murmuró Musili con voz un poco apesadumbrada.

La matriarca nos observaba y sus ojos pequeños me parecieron negros de enojo. ¿Iría a arremeter contra nosotros? Billy bramó como para llamarla, y Juno nos ignoró, puso en movimiento su enorme masa y se alejó. De lejos,

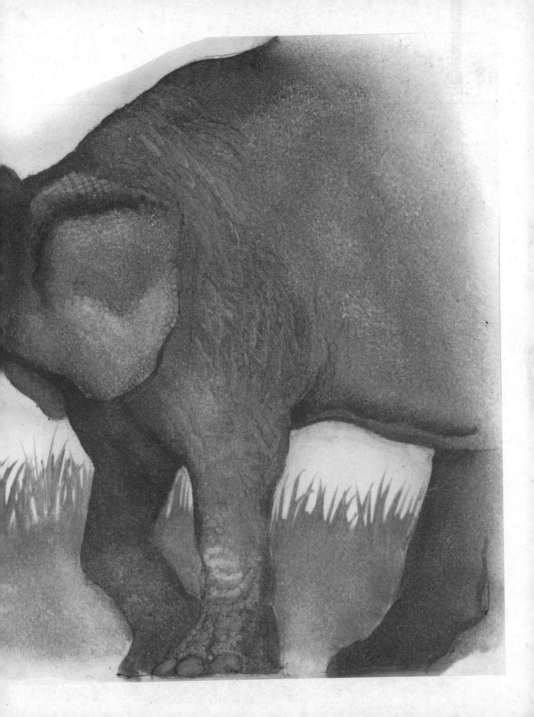

Billy volteó a mirarnos, y alzó su trompa.

—¡Adiós! —dije, y me despedí con un ademán.

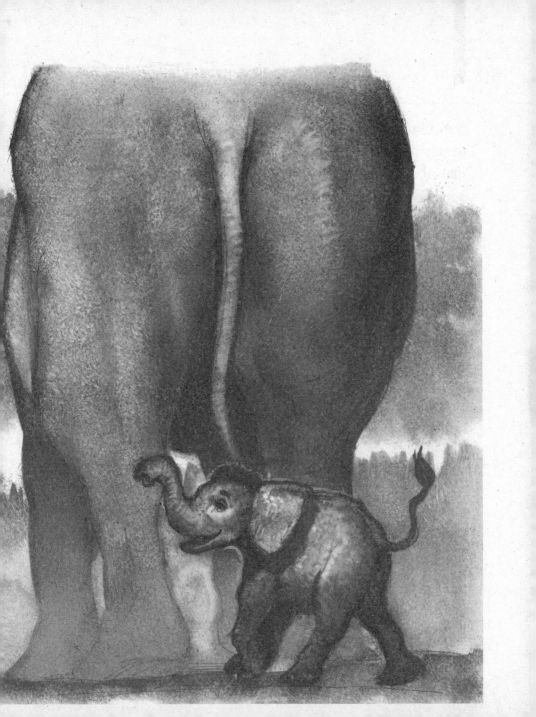

El regreso se hizo en silencio. Cada uno de nosotros acompañaba a Billy en su pensamiento: Billy trotando hacia la manada, Billy acogido por un concierto de bramidos, Billy adoptado. Al llegar al campamento, el pueblo vestía sus últimos colores de día.

—Los *rangers* cuidarán de Billy —me prometió el abuelo cuando me fui a la cama

Asentí sin decir nada. Una amistad de elefante, al alejarse, puede dejarte un vacío enorme en el corazón. ❖

Algo muy importante

❖ CUANDO PASARON los quince días, mi abuelo nos acompañó, a mamá y a mí, al aeropuerto de Nairobi.

—Nunca me han gustado esos aviones —nos confesó—. Me siento como prisionero. Y tú, Sui Mangá, ¿no tienes miedo?

Me miraba. Sus ojos llenos de sol se habían nublado. Iba a contestarle: "Claro que no", como acostumbraba, cuando me di cuenta, al tocar el fondo de mi mochila, de que mi "algo" importante no estaba allí. ¡Lo había olvidado debajo de la almohada!

—¿No le contestas a tu abuelo? —me reclamó mamá.

—Déjala —dijo *el Africano*—. Yo también me distraigo con frecuencia. ¡Ah! A propósito de distracción, mira lo que olvidaste en mi choza, Elsa...

—¡Mi osito!

—Era importante, ¿verdad? —me dijo mi abuelo al oído. Casi le respondí "claro que no" con aire indiferente. Pero ahí estaba, inclinado hacía mí, esperando al parecer algo que no

sucedía, algo muy importante. Me colgué con mis dos manos de sus hombros, y le di un beso sobre cada mejilla. Tenía la piel ríspida como la de un viejo elefante. Sentía un nudo en la garganta, igual que cuando vi a Billy alejarse. *El Africano* me tenía alzada en vilo. Parecía que aún esperaba algo.

—Te dejo a mi osito —murmuré.

Pero mi abuelo esperaba aún.

Entonces mamá dijo:

—Volveremos por él... ❖

Índice

Sui mangá, de Marie-Aude y Elvire Murail,
se terminó de imprimir y encuadernar en agosto de 2010
en Impresora y Encuadernadora Progreso, S. A. de C. V. (IEPSA),
Calzada San Lorenzo, 244; 09830 México, D. F.
La edición consta de 2 000 ejemplares.